Todsicher.

Ein Stück Beznau.

Von Martin Christen

**1
Eintreten**

Informationsflut rund um Akws, Beznau 1 und 2, Energiepolitik: Zahlen, Fakten, Werbespots, aber auch Dokus über Tschernobyl und Fukushima. Auf Ausstellungswänden, normalen Wänden und Leinwänden.
Zwei Bühnen in der Mitte: Luftschutzkeller, umgeben von Gitterstäben.
In Luftschutzkeller 1 und 2 sitzen, stehen, knien, liegen starr und unbeweglich je zwei junge Frauen respektive junge Männer: A, B, C und D.

**2
Beginn**

Werbespots leuchten auf:

**Strom mit Atom:
Grenzenlos sicher.**

**Unsere KKW
Beznau 1 und Beznau 2
laufen so lange,
wie sie sicher sind.
Und noch viel länger.
Todsicher.**

**Beznau ist Weltklasse.
Beznau hat Zukunft.
Beznau 3000.**

3
Luftschutzkeller 1

Zwei junge Frauen unterhalten sich.
Viel Camping- und anderes Material steht und liegt herum.

A	Wie weit bist du?
B	Auf Seite 257. Endlich hab ich mal Zeit, das zu lesen, was ich schon lange möchte.
A	Mir geht's auch so. Ich habe alle Werke von Frisch, Hesse und Remarque mitgenommen. Mit „Im Westen nichts Neues" bin ich fast fertig. Schon grausam und brutal, der Erste Weltkrieg!
B	Wann machen wir eine Essenspause?
A	Von mir aus jetzt, wenn es dir recht ist! Voraussichtlich haben wir noch zwei bis drei Tage Zeit bis zur Evakuation.
B	Es kann auch sein, dass niemand evakuiert wird: Es sei eine reine Vorsichtsmassnahme, eine Gefahr bestehe nicht wirklich, hat's vor einer Stunde geheissen.
A	Gut haben wir genügend Vorräte gelagert inklusive Mineralwasser.
B	Man rät davon ab, Hahnenwasser zu trinken.
A	Was wollen wir essen?
B	Spaghetti Napoli, wenn's recht ist. Wir können ja dann am Abend Gemüse aus der Tiefkühltruhe dampfgaren.
A	Was meinst du zu einer Flasche Rotwein?
B	Nimm den „Bordeaux", der ist sehr süffig und macht schläfrig.
A	Ja, nachher machen wir ein Nickerchen.
B	Fast wie Ferien – nur dass wir im Luftschutzkeller statt im Ferienhotel logieren!
A	Dafür werden wir auch nicht abgelenkt – höchstens durch neue News.
B	Eigentlich bin ich ja fast froh um diesen Strahlenalarm: Wenn ich denke, was ich sonst alles hätte erledigen müssen! Einen Riesenstress hätte ich gehabt, einen Riesenstress!
A	Zum Glück wohnen wir innerhalb der 20-Kilometer-Zone! Stell dir vor, alle, die ausserhalb wohnen, müssen zur Arbeit, in die Schule, an die Uni…
B	Und wir können hier voll relaxen!
A	Noch mindestens bis übermorgen!
B	Was geht ab im Facebook?
A	Hier haben wir doch sowieso keinen Empfang – leider! Da wird die Hölle los sein!
B	Schön schade, dass wir das verpassen! - Komm, machen wir dafür ein paar Selfies – es fehlen ja nur Sand, Sonne und Meer.
A	Zwei Liegestühle, einen sandfarbenen Teppich, ein Campingtischchen,

	einen Sonnenschirm, Campingkocher, Gaslampen, Wein und Bier haben wir immerhin! Fast alles ist vorhanden!
B	Ja, richte ruhig alles ein – ich bin hier am Spaghetti-Kochen.
A	Was ist denn eigentlich genau passiert?
B	Ach, ein Störfall. Weisst du, was ich glaube? Das ist nur eine Übung, damit sie beweisen können, dass alles klappt im Ernstfall.
A	Meinst du? Das wäre aber etwas viel Aufwand und ziemlich teuer, einige zehntausend Leute für 3 bis 4 Tage in die Zivilschutzräume zu schicken und zu betreuen.
B	Stimmt schon – aber die KKW-Betreiber und der Zivilschutz verfügen über Millionen!
A	Ja, wie willst du denn so viele Menschen betreuen? Woher sollen die denn das Personal nehmen?
B	Was weiss ich? Ich nehme an, dass sie genau das zum Beispiel mit dieser Übung herausfinden wollen.
A	Und wenn es tatsächlich keine Übung ist?
B	Sicher ist es eine. Die Schweizer Kernkraftwerke sind die sichersten der Welt! Da kann gar nichts passieren – nur keine Angst!
A	Ist mir schon klar. Ich hoffe einfach, dass das stimmt, was du sagst. – Die Spaghetti sind bald fertig!
B	Wo ist der Korkenzieher? – Mist, der ist noch oben in der Küche. Soll ich ihn holen? Es ist ja eh nur eine Übung.
A	Auch wenn's nur eine Übung ist: Wir sollten die Anweisungen der Behörden befolgen und da müssen wir halt auf den Wein verzichten – es sei denn, wir finden hier unten noch irgendwo einen Zapfenzieher.
B	Irgendwo ist eine Kiste, die meinem Bruder gehört und dort drin hat's bestimmt ein Armee-Taschenmesser.
A	Meinst du die blaue Box dort auf dem Regal?
B	Je, genau die!
A	Ist es ok, wenn ich in der Kiste deines Bruders wühle?
B	Ja natürlich, er hat ja keine Geheimnisse vor mir.
A	Uiuiui! Bist du sicher? Da hat's aber ein paar ganz heisse Aufnahmen von ihm und seiner Freundin!
B	Komm, zeig schon! – Mein Gott, dass die das zugelassen hat!
A	Und das ganze Fotobuch ist voll davon!
B	Dabei hat sie ihn plötzlich einfach sitzen lassen…
A	Eine Tussi halt!
B	Mir hat sie nie gefallen!
A	Nun bist du sie ja los!
B	Aber die Fotos schau ich mir schon noch genauer an!
A	Ob sie ihm wohl dieses Fotobuch geschenkt hat?

B	Ich glaube, s'war eher umgekehrt: Er wollte es ihr vermutlich auf den Geburtstag schenken – und da war sie halt schon weg!
A	Mit einem andern?
B	Ja, ich hab sie mal mit so einem Schleimer gesehen – eng umschlungen…
A	Muss hart für deinen Bruder gewesen sein!
B	Ja, schon… So, gleich ist das Essen fertig!
A	Ich setz mich schon mal!
B	Und die Gläser?
A	Diese Becher tuns doch auch!
B	Und Mineralwasser!
A	So – los! Stossen wir an!
B	Auf was denn?
A	Auf deinen Bruder!
B	Auf meinen Bruder!
A	Und den STRAHLENALARM!
B	Auf den STRAHLENALARM!

4
Luftschutzkeller 2

Zwei junge Männer, HG3345 (C) und MG9307 (D), unterhalten sich, umgeben von einigem Gerümpel.

C	*(Im Dunkeln sitzend, mit Taschenlampe)* Irgend etwas Neues?
D	*(aus der Wohnung zurück kehrend)* Nein! Nichts!
C	Hast du etwas gesehen?
D	Ja, einen Helikopter, aber ziemlich weit weg.
C	Leute? Autos?
D	Nichts! Niemanden!
C	Hocken alle in ihren Kellern und warten…
D	Worauf? Worauf?
C	„Befolgen Sie die Anweisungen der Behörden!" – Welcher Behörden?
D	Nichts funktioniert: Kein Wasser, kein Strom, kein Netz!
C	Ich hab's ja immer gewusst: Im Ernstfall sind wir auf uns selber angewiesen…
D	Geschlagene 3 Stunden hocken wir nun hier!
C	Einen kantonalen Krisenstab soll's geben…
D	Die sind doch sicher schon über alle Berge…
C	Abgehauen in ihre Ferienvillen am Meer…
D	… und wir, die Bevölkerung, verrotten hier in unseren Kellern.
C	Die sind doch alle überfordert!

D	„Ruhe bewahren!" – „Keine Gefahr!" – „Reine Vorsichtsmassnahme!"
C	Und die Jodtabletten sollen wir in Griffweite halten!
D	Und sie erst fressen, wenn wir dazu aufgefordert werden…
C	… von den Behörden…
D	… die sich aus dem Staub gemacht haben! Was steht denn auf dem Beipackzettel was?
C	Also hier steht wörtlich: „Informationen für Patientinnen und Patienten"!
D	Also Hunderttausende von plötzlichen „Patientinnen und Patienten" warten in ihren Löchern darauf, von den Behörden aufgefordert zu werden, diese Iodtabletten hier zu fressen!
C	Und weiter: „Bei einer Gefährdung durch radioaktives Iod ordnen die Behörden über Radio und andere Medien sowohl die Bereitstellung als auch die Einnahme von Kaliumiodid-Tabletten an."
D	Wer hat denn heute noch ein Radio? Und welche anderen Medien? Wenn der Strom und das Netz ausfallen: Wie wollen uns die Behörden informieren wie?
C	So, wie sie's in ihren monatlichen Übungen geübt haben, nehm ich an!
D	Zu Fuss gehen sie von Haus zu Haus, klopfen an die Zivilschutzraumtüren, treten nach einer Stunde, wenn's endlich jemand gehört hat, ein in den Luftschutzraum und verkünden: …
C	„Wir, die Behörden, befehlen euch: …
D	Fresst endlich diese verdammten Iodtabletten, und zwar sofort!"
C	Und nach einem halben Jahr, wenn sie alle 500'000 in ihren eigenen Kellern Gefangenen informiert haben, von denen die meisten sowieso schon längstens krepiert oder geflüchtet sind, kommen sie, die Behörden – endlichendlich - zum letzten Luftschutzkeller, der nichts enthält ausser radioaktiv verseuchter Luft…
D	Weisst du was? Ich hau ab!
C	Wohin?
D	Mindestens mal aus der 30-Kilometer-Zone!
C	Weisst du was? Ich komm mit!
D	Was nehmen wir mit?
C	Das Nötigste, nur das Nötigste! Geld, ein paar Kleider, etwas zu essen, Handy, Kreditkarten, Schlüssel…
D	Meinst du, wir können da einfach ins Auto steigen, auf die Autobahn und schon sind wir in Sicherheit?
C	Keine Ahnung! In Fukushima wurde diese Zone streng bewacht, hier vielleicht nicht…
D	Ja, aber hinaus lassen sie doch alle, nur hinein nicht!
C	Das glaub ich auch!
D	Je früher wir abhauen, desto besser!
C	Find ich auch! Spätestens morgen werden sich die Leute in den Kellern

	fragen, was das eigentlich soll – und dann hauen alle ab…
D	Dann bricht eine Massenpanik aus…
C	… sie verstopfen die Strassen…
D	… rasen los, rücksichtslos!
C	Also los! Packen wir unsere Sachen!
D	Fliehen wir!
C	Flucht vor dem GAU!
D	Dem Supergau!

5
Doku Beznau

Ausschnitt aus dem Interview mit dem ehemaligen Axpo-CEO Heinz Karrer, in dem er über den hohen Sicherheitsstandard seiner Beznau-AKWs schwärmt.

6
Luftschutzkeller 1

Die beiden jungen Frauen unterhalten sich weiter. Neues Requisit: Die Iodtabletten.

A	Das tat gut!
B	Bist du endlich wach?
A	Warum? Ist etwas passiert?
B	Neinnein! Aber jetzt kommen gleich die Nachrichten!
A	Ja, das ist wichtig. Schalt ein!
B	Hab ich schon – läuft ja ständig!
A	Hast du denn neue Batterien hier unten?
B	Ja, jede Menge! Wir sind schliesslich eine Campingfamilie…
A	Achtung! Schsch…
News	„18.00 Uhr, Radio SRF 1. Hier folgen weitere Nachrichten zum Störfall im KKW Beznau 1. Wie die Behörden melden, haben die Mitarbeiter des KKW Beznau 1 inzwischen die Lage unter Kontrolle. Wie die für die Sicherheit der schweizerischen Kernkraftwerke zuständige Behörde, das ENSI, mitteilt, besteht für die Bevölkerung keine unmittelbare Gefahr. Trotzdem gelten für die Bewohnerinnen und Bewohner, die innerhalb der 30-Kilomter-Zone wohnen, weiterhin die folgenden Anweisungen, die unbedingt einzuhalten sind. Zuwiderhandlungen werden mit Bussen oder Gefängnis bestraft.

1. Halten Sie sich weiterhin in den Ihnen zugewiesenen Schutzräumen auf.
2. Befolgen Sie strikt die Anweisungen der örtlichen, regionalen, kantonalen oder nationalen Behörden.
3. Da nicht ausgeschlossen werden kann, dass das Trinkwasser leicht kontaminiert sein könnte, stillen Sie bitte Ihren Durst mit Mineralwasser.
4. Nehmen Sie nun die Ihnen zugestellten Iodtabletten ein. Beachten Sie die Anweisungen auf der Packungsbeilage. Kontrollieren Sie bitte, ob wirklich sämtliche Personen, die sich in Ihrem Schutzraum aufhalten, die Iodtabletten vorschriftsgemäss eingenommen haben.
5. Bis auf Weiteres herrscht ein striktes Ausgehverbot. Die Einhaltung dieses Ausgehverbots wird von Angehörigen der Schweizer Armee in entsprechenden Schutzanzügen überwacht.
6. Bleiben Sie aus Sicherheitsgründen in Ihrem Schutzraum. Das Verlassen der Schutzräume ist in den nächsten 48 Stunden nicht gestattet.
7. Die Behörden klären gegenwärtig die Notwendigkeit von Evakuierungsmassnahmen ab.
8. Keine Panik! Die nationalen und kantonalen Krisenstäbe haben alles unter Kontrolle.
9. Halten Sie sich auf dem Laufenden, indem Sie das Programm von Radio SRF 1 einschalten.
10. Vertrauen Sie den Anweisungen der Behörden und befolgen Sie diese ohne Widerspruch."

A	Glaubst du jetzt immer noch an eine Übung?
B	Das kann immer noch sein – schliesslich hat es ja ständig Armeeangehörige, die Dienst leisten und für eine solche Übung aufgeboten werden können.
A	Immerhin wissen wir jetzt, was wir zu tun haben.
B	Ja! Wo hast du die Jodtabletten hingelegt?
A	Dort, neben dem Bücherstapel liegen sie.
B	Also: „Einnahme nur auf Anordnung der Behörden. Schützt die Schilddrüse vor radioaktivem Jod", steht hier.
A	In einer Übung wird doch die Bevölkerung nicht aufgefordert, Jodtabletten zu schlucken!
B	Warum nicht? Hier steht: „Bitte nehmen Sie keine Tabletten ohne Aufforderung der Behörden ein." Die Leute sollen doch denken, dass es ein Ernstfall ist, sonst ist es ja keine echte Übung.
A	Wenn das so wäre, dürften diese Tabletten absolut keine Nebenwirkungen haben! Die Behörden würden ja nie zum Spass die Gesundheit der Einwohner gefährden!
B	Aber eine Übung ist ja sowieso kein Spass...
A	Hast du jetzt etwas über Nebenwirkungen gefunden?

B	Ja, hier: „Vorübergehend können auftreten: metallischer Geschmack, Erbrechen, Durchfall, Magenbeschwerden, Haut- und Schleimautreaktionen – da fehlt wohl ein H! -, Bindehautentzündung, schmerzhafte Speicheldrüsenschwellung, starke Kopfschmerzen, produktiver Husten, Bronchitis, Herzklopfen, …"
A	Das ist ja unglaublich! Das MUSS ein Ernstfall sein! Ein absoluter Ernstfall!
B	Ja, all diese Nebenwirkungen sind ja schrecklich. Hör nur, es geht noch weiter: „… Herzklopfen, Ruhelosigkeit, Überempfindlichkeitsreaktionen wie Fieber, Iodschnupfen, Ödeme (Wasserablagerungen) vorwiegend im Gesicht oder Hals, Bronchospasmus, Gelenkschmerzen." Also das ist ja wirklich unglaublich!
A	Wenn die Nebenwirkungen schon so schlimm sind – wie schlimm ist es dann erst, wenn man die Tabletten NICHT einnimmt? Steht denn etwas über die positive Seite der Iodtabletten?
B	Ja, das habe ich auch gefunden, allerdings keine Liste, sondern nur einen Satz: „Kaliumiodid-Tabletten verhindern die Speicherung radioaktiven Iods in der Schilddrüse." Dann steht noch: „Sie bieten aber keinen Schutz gegen Strahlung, die von aussen auf den Körper und die Atemwege wirkt. Deshalb muss bei einer Gefährdung durch Radioaktivität in jedem Fall das Hausinnere bzw. ein Keller oder Schutzraum aufgesucht werden." Toll – immerhin sind wir hier drin geschützt!
A	Aber nicht vor den Nebenwirkungen! NICHT vor den Nebenwirkungen!

7
NICHT im Luftschutzkeller 2

Die beiden jungen Männer halten sich NICHT im Luftschutzkeller auf, sondern irgendwo in einem Wald – nicht allzuweit vom AKW entfernt. Diese Szene könnte auch live übertragen werden - von ausserhalb…

C	*(Im Auto, mitten im Wald)* Scheisse! Ich habe mich verfahren!
D	Die Richtung stimmt jedenfalls!
C	Immerhin wissen wir jetzt etwas mehr!
D	Aber immer noch sind wir innerhalb der 30-Kilomter-Zone!
C	Bestimmt! Aber ich glaube nicht, dass wir ausserhalb in Sichrheit sind!
D	Das muss ja eine totale AKW-Katastrophe sein, dass die solch totalitäre Massnahmen ergreifen!
C	Die Menschen am Fliehen zu hindern, ist ja wohl das Letzte!
D	Hier herrscht ja eine Art Kriegsrecht!
C	Wer flieht, wird verhaftet – von der eigenen Armee!

D	Kein Kanton kann derartige Massnahmen ergreifen – nicht einmal der Bundesrat kann das! Hier regiert das Notrecht: Wer nicht spurt, wird hart bestraft!
C	Die wollen ganz klar nicht, dass die Bevölkerung erfährt, was eigentlich passiert ist!
D	Die kantonalen Behörden, die AKW-Bertreiber, das ENSI, der Bundesrat, die Armee und die Polizei verhindern die Evakuierung der eigenen Bevölkerung!
C	Klar: Sie wollen keine Panik, kein Chaos, sondern denen geht's in erster Linie um die Wahrung von Ruhe und Ordnung!
D	Und darum, Zeit zu gewinnen!
C	Die Gesundheit und die Sicherheit der Bevölkerung sind da nur sekundär!
D	Das ist ja ungeheuerlich!
C	Was tun wir? Hier können wir nicht bleiben – aber überall hat's Strassensperren. Vermummte, die uns daran hindern wollen, uns in Sicherheit zu bringen!
D	Schalte mal den Südwestfunk ein – die wissen mit jeder Garantie mehr als wir hier in der Schweiz.
C	Die haben einfach das ganze Netz abgestellt – wie in einer Diktatur!
D	Das einzige Kommunikationsmittel sind noch das Radio und das Festnetz.
C	Die SBB haben ihren Betrieb eingestellt! So etwas hat's ja nicht mal im Zweiten Weltkrieg gegeben!
D	Hier: SWR! Wieso senden die klassische Musik?
C	Frag mich etwas Einfacheres! Immerhin weiss ich jetzt, wohin ich fliehe!
D	Wohin?
C	Ins sichere Ausland: Italien, Deutschland, Oesterreich, Frankreich…
D	Ja schon, aber zuerst müssen wir mal aus diesem verdammten Wald herauskommen!
C	Sei still! Ich glaube, jetzt kommen die News!
D	„Hier sind die aktuellen SWR-Nachrichten zum schweren AKW-Störfall in der Schweiz. Heute Morgen um 11 Uhr 57 ereignete sich im AKW Beznau 1 ein schwerer Störfall, der die Schweizer Behörden veranlasste, im Umkreis von 30 Kilometern Strahlenalarm auszulösen. Die Bevölkerung wurde aufgerufen, unverzüglich die Schutzräume aufzusuchen und die weiteren behördlichen Massnahmen abzuwarten. Die Umweltministerien der deutschen und der österreichischen Regierung wurden um 15 Uhr 30 direkt vom Schweizerischen Bundesrat informiert und gebeten, allenfalls notwendige Massnahmen zu treffen. Inzwischen scheint sich die Lage massiv verschlechtert zu haben – eine Kernschmelze, verbunden mit einem Austritt grosser Mengen radioaktiven Materials, scheint immer wahrscheinlicher zu sein. Die Schweizer Behörden behaupten zwar, die Lage unter Kontrolle zu haben, doch vieles deutet darauf hin, dass man vorerst auf die Evakuierung Hunderttausender von

        Menschen verzichten will, um eine Massenpanik zu verhindern. Bundeskanzlerin Angela Merkel und ihr Krisenstab sind fest entschlossen, alles Menschenmögliche in die Wege zu leiten, um die Menschen in den grenznahen, allenfalls von einem Supergau direkt in Mitleidenschaft gezogenen Gebieten rechtzeitig in Sicherheit zu bringen. Bereits sind Tausende von Bundesheerfahrzeugen unterwegs Richtung Süddeutschland, um die betroffenen Menschen möglichst rasch aus den Gefahrenzonen evakuieren zu können. Weitere aktuelle Meldungen erfolgen im 10-Minuten-Takt."

C   Mein Gott! Bereits um 12 Uhr fand die Katastrophe statt! Und erst über drei Stunden später wurde der Strahlenalarm ausgelöst!

D   Das ist ja nicht zu fassen!

C   Es würde mich auch nicht wundern, wenn sich die Verantwortlichen bereits irgendwo in Sicherheit gebracht hätten!

D   Hunderttausende hocken in ihren Kellern, warten und wissen nichts vom wahren Ausmass der Katastrophe!

C   Niemand weiss etwas Genaues! Die Behörden hier reagieren ja noch viel schlimmer als damals in Fukushima!

D   Den einzigen Schutz, den sie bieten, ist der vor der Wahrheit!

C   Die Störfall-Lüge ist so sicher wie die Sicherheitslüge!

D   Das älteste und zugleich sicherste AKW der Welt ist in die Luft geflogen…

C   … aber zugeben wollen sie es nicht!

D   Weil sie gar nicht glauben können, was geschehen ist!

C   Propaganda und Lügen – wie in einer Diktatur!

D   Wie in einer Diktatur!

8
Strahlenalarm-Propaganda

Ausschnitte aus verharmlosenden Strahlenalarm-Propagandafilmen aus den Siebzigerjahren.

9
Luftschutzkeller 1

Die beiden Frauen befinden sich noch immer in ihrem Zivilschutzkeller – die Iodtabletten haben sie inzwischen geschluckt..

A   Ist eigentlich Tag oder Nacht?

B   Also ich verliere auch langsam die Orientierung…

A	Draussen dürfte es jetzt langsam hell werden…
B	So ein Strahlenalarm ist ja zur Abwechslung mal interessant, aber langsam könnten sie all diese Massnahmen wieder aufheben…
A	Wie hast du geschlafen?
B	Fast gar nicht – die Luft wird immer stickiger…
A	Schlafen ohne Licht ist ja schon ok, aber…
B	…aber da unten warten und warten und warten ohne Netz und Strom und WC und Heizung und Dusche geht mir schon langsam auf den Geist…
A	Weisst du, wieviel Uhr es ist?
B	Mein Handy ist abgeladen – bei 7% wars kurz nach drei, danach war bald fertig.
A	Geh doch in die Küche und stecks ein.
B	War ich doch schon – kein Licht, kein Strom, nicht mal der Kühlschrank funktioniert…
A	Was? Du warst oben?
B	Ja, warum?
A	Wenn das die Behörden erfahren…
B	Auch aufs WC bin ich gegangen – im Dunkeln. Das können sie ja einem kaum verbieten!
A	Ich sollte auch dringend…
B	Geh doch – aber das Wasser haben sie auch abgestellt!
A	Und die Spülung?
B	Hat noch EINmal funktioniert – bei mir! Kannst ja eine Flasche Mineralwasser mitnehmen!
A	Spinnst du? Wir haben ja nur noch drei Flaschen!
B	Und schlecht ist mir auch irgendwie…
A	Du meinst, das sind die Nebenwirkungen?
B	Was weiss ich… An den Spaghettis lags sicher nicht, auch nicht am Mineralwasser…
A	Einen Kater wirst du ja nicht haben…
B	Nein, ich glaub, ich werd krank.
A	*(den Iodtablettenbeipackzettel studierend)* Hast du einen metallischen Geschmack im Mund?
B	Ja, das könnte zutreffen – so eine Mischung aus Aluminium, Stahl und Blei…
A	Blei?
B	Ja, so bleischwer liegt's mir im Magen…
A	Was denn?
B	Die Iodtabletten… Spürst du denn nichts?
A	Ja, wenn ich's mir überlege: So richtig wohl ist mir auch nicht!
B	Je mehr ich an das Iod in meinem Magen denke, desto schlechter wird mir.
A	Brechreiz?
B	Ja, irgendwie schon, warum?

A	Weil „Erbrechen" auch drinsteht.
B	Und Magenschmerzen?
A	Auch! Hier: „Magenbeschwerden"!
B	Zum Kotzen…
A	Und wie hast du geschlafen?
B	Hab ich dir doch schon gesagt: Fast nicht! Ich konnte einfach nicht.
A	Aha!
B	Was „aha"
A	Sicher auch eine Nebenwirkung! Hier: „Herzklopfen, Ruhelosigkeit"!
B	Ja, das MUSS an diesen Scheisstabletten liegen…
A	Vielleicht leidest du ja an einer Iodüberempfindlichkeit, ohne dass du das weisst!
B	Und wenn?
A	Dann hättest du diese Iodtabletten gar nicht einnehmen dürfen!
B	Sondern?
A	Wenn du gewusst hättest, dass du an einer Iodüberempfindlichkeit leidest, hättest du einen Termin mit deinem Hausarzt abmachen müssen, der dich hätte informieren sollen, welche andere Massnahme für dich am geeignetsten wäre.
B	Und wie erführe ich, in welchem Zivilschutzkeller sich mein Hausarzt aufhielte?
A	Das steht hier nicht drin!
B	Am einfachsten wärs natürlich, er wäre hier bei uns!
A	Dann könnte er dir auch sagen, ob du an einer „Schilddrüsenüberfunktion, an Dermatitis herpetiformis, Iododerma tuberosum, Vaskulitis oder Myotonia congenita" leidest.
B	Was was bedeuten würde?
A	Auf keinen Fall Iodtabletten fressen!
B	Weisst du was?
A	Sag's schon!
B	Jetzt ist mir erst richtig total schlecht!
A	Soll ich dir einen Eimer holen?
B	Neinnein, ich schleppe mich hinauf zur Toilette. Nur schade…
A	Nur schade…?
B	Dass ich das Erbrochene nicht hinunterspülen kann!
A	Stimmt! Ich sollte nämlich wirklich sehr dringend! Bitte lass mir den Vortritt!
B	Spinnst du? Du kannst ja auch nicht spülen!

10
Luftschutzkeller 2

Die zwei Männer befinden sich wieder in ihrem Luftschutzkeller. Kaum etwas hat sich geändert...

C	Und was hat's gebracht? NICHTS!
D	Doch! Wir haben frisches Mineralwasser...
C	Frisch ist gut!
D	... frisches Brot, Soldaten-Dosenkäse...
C	Gaaanz toll!
D	... Soldatenschokolade...
C	Gaaanz lecker!
D	... Soldatenzwieback...
C	Gaanz staubig!
D	... und...
C	Was denn noch?
D	... eine gehörige radioaktive Verstrahlung!
C	Welche Dosis haben wir denn abgekriegt?
D	Keine Ahnung! Die zwei in ihren Schutzanzügen wussten ja noch weniger als wir!
C	Und wir haben ja schon nur NULLKOMMANULL Informationen!
D	Immerhin sind wir nicht im Knast gelandet!
C	Was sollten sie denn auch machen mit uns?
D	Immerhin waren sie freundlich und verständnisvoll!
C	Kein Wunder! Die wären ja am liebsten selber abgehauen!
D	Wenn ich als Soldat HIER Dienst leisten müsste, würde ich mich sowieso weigern.
C	Ja du als Zivi leistest ja sowieso keinen Dienst!
D	Ich tue wenigstens etwas Nützliches – und erst noch viel länger als die Nichtzivis!
C	Jajaja! Das haben wir ja schon tausendmal diskutiert!
D	Scheisse! Was machen wir jetzt?
C	Einfach den Zündschlüssel wegzunehmen! Das geht doch nicht!
D	Sag ich ja! Hier herrscht Krieg!
C	Ja, aber ein netter Krieg – ohne Waffen!
D	Bitte seien Sie so nett und fahren wieder dorthin zurück, wo Sie hergekommen sind.
C	Bitte überlassen Sie uns Ihren Zündschlüssel!
D	Bitte begeben sie sich wieder zurück in Ihren Zivilschutzraum!

C	Bittebitte, warten Sie auf die Anweisungen der Behörden!
D	Nett, soo nett!
C	So ein netter Strahlenalarm!
D	Ach Gott! Und so ein netter Supergau!
C	Der tut doch keinem weh!
D	Die lieben und netten Behörden tun doch alles für ihr liebes und nettes Volk!
C	Nur keine Panik!
D	KEINE PANIK!
C	KEINE PANIK!
D	DIE WELT GEHT DESWEGEN NOCH LANGE NICHT UNTER!
C	NUR DIE SCHWEIZ!
D	Ja, nur die Schweiz!

11
Tschernobyl

Doku-Ausschnitt über die Tschernobyl-Katastrophe.

12
Luftschutzkeller 1

Die beiden Frauen hatten unterdessen Besuch – deshalb sind sie im Besitz von zwei in Plastik verpackten Schutzanzügen und zwei Gasmasken.

A	*(Den Schutzanzug auspackend)* Nie und nimmer zieh ich dieses Ding an!
B	Natürlich ziehst du das an!
A	Ich bin ja nicht blöd!
B	Das ist doch eine reine Vorsichtsmassnahme! Sie haben gesagt, aus Sicherheitsgründen dürfe man sich im Freien nur mit Schutzanzügen bewegen.
A	Und wohin bringen sie uns?
B	Du hast es ja gehört: Wir werden evakuiert!
A	Ja schon, aber wohin?
B	Das haben sie auch nicht gewusst…
A	Was haben sie denn mit diesem Gerät gemessen?
B	Die Radioaktivität – ob dieser Raum radioaktiv verseucht ist oder nicht.
A	Und?
B	Scheinbar ist hier alles i.O.
A	Zum Hineinschlüpfen musst du doch erst die Schuhe ausziehen!

B	Quatsch! MIT Schuhen! Die würden ja sonst draussen verseucht.
A	Was verseucht? Was machen die eigentlich mit uns?
B	Das ist nun eben ein Ernstfall! DER Ernstfall!
A	Wer hätte das auch jemals für möglich gehalten!
B	Ich jedenfalls auch nicht!
A	Und was können wir alles mitnehmen?
B	NICHTS! Du hast es ja gehört!
A	Aber ich gehe NICHT ohne mein Handy!
B	Musst du aber! Das wird konfisziert!
A	Konfiswas?
B	Ziert! Konfisziert! Eingezogen! Beschlagnahmt! Weggenommen! Entwendet!
A	Und warum?
B	Frag nicht so blöd! Die wollen doch einfach deine Selfies kontrollieren!
A	Was?
B	Weiss ich doch nicht! Sie müssen, haben sie gesagt, das sei ein Befehl…
A	Wer befiehlt denn so was Krankes!
B	Die Behörden! Das steht sogar auf der Packungsbeilage!
A	Dass sie uns das Handy wegnehmen?
B	Nein, dass wir die Anweisungen der Behörden befolgen sollen!
A	Diese Vermummten sahen aber gar nicht aus wie Behörden…
B	Sondern?
A	Wie Chaoten, Verbrecher, Hooligans, Kriminelle!
B	Das waren Soldaten in Schutzanzügen! Soldaten, die den Auftrag haben, die Bevölkerung zu evakuieren.
A	Wie kann man die ganze Bevölkerung evakuieren? Die GANZE Bevölkerung?
B	Weiss ich doch nicht! Die haben das geübt, so dass sie das in einem Ernstfall können – und jetzt haben wir eben diesen ERNSTFALL!
A	So, langsam bin ich fertig…
B	Fehlt nur noch die Gasmaske!
A	WAS fehlt?
B	Die Gasmaske!
A	Dieses Ding da?
B	Ja, probier es an!
A	Das sieht ja schrecklich aus!
B	Ja, aber offenbar verhindert es, dass wir radioaktiv verseuchte Luft einatmen!
A	Aber hier drin ist doch die Luft noch in Ordnung!
B	Noch – aber wahrscheinlich nicht mehr lange!
A	Mein Gott – wie zieh ich das bloss an?
B	Ich glaube so – und so – und so…
A	Ich ziehe dieses schreckliche Ding erst an, wenn sie wieder kommen und uns abholen…

B	Die helfen dir schon, wenn du's allein nicht schaffst!
A	Aber ich will's nicht schaffen!! ICH WILL NICHT!
B	Nimm dich doch zusammen!
A	Ich habe genug von diesem Scheiss-Strahlenalarm!
B	Ich ja auch! Aber da müssen wir jetzt durch!
A	ICH WILL ABER NICHT!
B	Du MUSST aber!
A	NIEMAND MUSS MÜSSEN! UND ICH SCHON GAR NICHT!
B	Natürlich musst du! Es geht um Leben und Tod!
A	ICH WILL NICHT STERBEN!
B	Deshalb musst du ja dieses verdammte Ding anziehen!
A	ICH WILL ABER NICHT!
B	Komm, beruhige dich doch!
A	ICH WILL NACH HAUSE!
B	Nimm dich doch zusammen, bitte!
A	ZU MAMA UND PAPA!
B	Auch die tragen jetzt eine Gasmaske!
A	ICH WILL NICHT STERBEN! HILFT UNS DENN NIEMAND?
B	Dochdoch! Die organisieren ja alles! Und retten uns!
A	MEIN GOTT! WARUM MUSSTE DAS AKW EXPLODIEREN?
B	Da können die doch nichts dafür!
A	AUFHÖREN! AUFHÖREN!
B	Hast du einen Knall? Jetzt NIMM DICH GEFÄLLIGST ZUSAMMEN!
A	NEIN! NIE IM LEBEN!
B	HÖR AUF ZU SCHREIEN, VERDAMMT NOCHMAL!
A	Schluchz!
B	Und zu weinen! Das nützt doch nichts!
A	SCHLUCHZ!
B	SEI ENDLICH STILL! - Schsch! - Ich hör was! ... Sie kommen!

13
Luftschutzkeller 2

Auch die beiden Männer bereiten sich auf die Evakuierung vor.

C	*(wartend im Schutzanzug)* Woher die wohl all diese Schutzanzüge haben?
D	*(wartend im Schutzanzug)* Wahrscheinlich aus China – die müssen ja Hunderte von Millionen haben, die mit ihren vielen AKWs.
C	Ich habe gemeint, die seien erst im Bau.
D	Vielleicht machen sie ja nun einen Baustopp nach dieser Katastrophe!

C	Glaube ich nicht! Die bauen viele neue, die viel sicherer sein sollen!
D	Jedenfalls sicherer als das älteste AKW der Welt…
C	Glauben SIE!
D	Jedenfalls wär ich jetzt lieber in China!
C	Wem sagst du das!
D	Jedenfalls wandere ich aus, sobald ich kann!
C	Ich auch! Am liebsten nach England!
D	Warum nach England?
C	Dort hab ich zwei, drei Verwandte. Und du?
D	Vielleicht nach Frankreich – aber nur, wenn die all ihre Meiler abgestellt haben! Sowas will ich nicht ein zweites Mal erleben.
C	Wo die nur bleiben? Seit fast einer Stunde warten wir jetzt!
D	Dabei wollten sie innerhalb einer Viertelstunde zurück sein.
C	Immerhin könnten wir jetzt ins Freie – nur noch die Gasmasken müssen wir anziehen…
D	Gasmasken! Muss scheusslich sein!
C	Halb so wild: In der RS mussten wir 10 Kilometer marschieren – MIT Gasmaske!
D	Schrecklich! Bist du da nicht fast erstickt?
C	Nein, natürlich nicht. Alle haben beschissen – und kein Vorgesetzter hats bemerkt…
D	Wie beschissen?
C	Es war natürlich niemand so blöd, die Gasmaske luftdicht zu tragen, so dass alle genug Sauerstoff hatten.
D	Hier kannst du das aber nicht machen!
C	Hier müssen wir auch nicht stundenlang marschieren…
D	Bist du sicher?
C	Keine Ahnung! Wenn die eine halbe Million Menschen evakuieren wollen, dann frag ich mich, wie das gehen soll…
D	Mit Lastwagen, Reisecars…
C	Rechne: Wenn's hoch kommt, können die durchschnittlich 30 bis 40 Personen pro Fahrzeug transportieren…
D	Bei 500'000 Personen wären das … ehm rund 14'000 LKWs, Busse, Cars…
C	Und wohin sollen all diese Leute? In die Berge? Ins Tessin? Ins Ausland?
D	Wohl kaum ins Ausland! Wir gehören ja nicht zur EU!
C	Mein Gott! Meinst du, wir müssten ein Asylgesuch stellen, wenn wir auswandern möchten?
D	Wahrscheinlich schon! Nach der Kündigung der bilateralen Verträge werden die uns nicht so ohne Weiteres hineinlassen…
C	Ich komm mir jetzt schon vor wie ein Flüchtling!
D	Was sind wir denn anderes als Flüchtlinge? Hier können wir jedenfalls nicht bleiben.

C	WOLLEN auch nicht.
D	Wie heisst es doch so schön in der Nationalhymne? Trittst ….
C	… im Morgenrot daher, seh ich dich im… ?
D	STRAHLENMEER!
C	Genau! Im RADIOAKTIVEN Strahlenmeer…

14
Fukushima

Kurzdoku über die Fukushima-Katastrophe.

15
Im Zivilschutzraum E

Im Mini-Zivilschutzkellerraum des Evakuierungszentrum versuchen die Frauen, sich zurecht zu finden.

B	Elvira! – Elvira! – Wach auf!
A	Wo sind wir?
B	In Sicherheit!
A	Wo denn?
B	Evakuiert!
A	Evakuiert?
B	Ja – in einem Luftschutzkeller in der Innerschweiz.
A	Was ist denn passiert?
B	Erst haben sie dir eine Beruhigungsspritze verpasst, dann sind wir hierher gebracht worden.
A	Warum ist das so eng hier?
B	Wegen dir! Du brauchtest Ruhe, deshalb haben sie uns in ein Metall-Kajütenbett im Vorratsraum gesteckt. Wie fühlst du dich?
A	Schwindlig! - Verschissen…
B	Kein Wunder!
A	Warum?
B	Du hast herumgeschrien, weil du die Gamaske nicht anziehen wolltest.
A	Ja, ich erinnere mich ganz schwach…
B	Du bist in Panik geraten und hast einfach nicht mehr aufgehört…
A	Was hab ich denn geschrieen?
B	Was die Leute, die in Panik sind, halt so schreien: Mama, Papa, ich will nach Hause usw.
A	Schrecklich…

B	Ja, ziemlich…
A	Und du? Bist du nicht mehr krank?
B	Krank?
A	Die Nebenwirkungen!
B	Ach so! Das hast du ja noch mitbekommen, dass ich dann doch nicht erbrechen musste – trotz dem Gewürge…
A	Und was ist mit dem AKW?
B	Niemand weiss etwas Genaues. Es heisst, alles sei verstrahlt…
A	Welches Gebiet denn?
B	Mehrere Kantone, Süddeutschland und Oesterreich sei auch betroffen…
A	Schrecklich!
B	Um 20.00 Uhr, nach dem Nachtessen, würden uns die Behörden informieren, heisst es.
A	Wo denn? Hier drin?
B	Ja, in dieser riesigen Zivilschutzanlage! Du glaubst gar nicht, wie gross die ist und wieviele Leute hier drin zusammengepfercht sind.
A	Wieso soll ich das nicht glauben? Enger als hier drin kann's ja kaum irgendwo sein… Und wie informieren sie uns?
B	Wie im Kino: Mit Beamer und Leinwand im Essaal.
A	Wie soll denn das gehen?
B	Die Behörden tun das via Schweizer Fernsehen – damit alle den gleichen Wissensstand haben…
A	Und damit niemand Fragen stellen kann!
B	Ja vermutlich.
A	Und mein Handy? Wo ist das?
B	Sämtliche Handys haben sie eingezogen – aus Sicherheitsgründen, sagen sie…
A	Und wann bekommen wir unsere zurück?
B	Keine Ahnung! Jedenfalls nicht so schnell – vorläufig müssten wir hier bleiben, hat es geheissen.
A	Gibt's hier was zu trinken?
B	Ja, hier: Trink etwas Coca Cola! Sie haben gesagt, das sei gut nach einer solchen Spritze!
A	Wo haben sie mir denn die Spritze verpasst?
B	Noch im Luftschutzkeller zu Hause…
A	Ja klar. Aber wohin haben sie gestochen?
B	Dort, wo's gerade ging. Du hast dich ja mit Händen und Füssen gewehrt!
A	Hier unter der Hüfte spür ich einen Stich…
B	Ja, ich glaube dort haben sie dich erwischt!
A	… wie von einer Wespe, diese Schweine!
B	Aber sie mussten das ja tun!
A	Du hast denen sicher noch geholfen und hast mich festgehalten!

B	Sicher nicht! Höchstens ein bisschen…
A	Was? Und du willst meine beste Freundin sein?
B	Eben darum! Ich wollte ja, dass sie dich und mich retten!
A	Evakuieren, nicht retten!
B	Und? Wo ist da der Unterschied?
A	Den find ich schon noch heraus!
B	Immerhin sind wir hier in Sicherheit?
A	Bist du dir da sicher?
B	Sicher nicht, nein, ganz sicher nicht!

16
Im Zivilschutzraum Q

Die beiden Männer sind ins Quarantänezentrum verbracht worden…

C	Vom Regen in die Traufe!
D	Das kann man wohl sagen!
C	Statt in Sicherheit sind wir in Quarantäne…
D	Derart verstrahlt sind wir, dass wir abgeschottet werden müssen von den übrigen Evakuierten.
C	Jedes Gefängnis ist ein Dreck dagegen!
D	Trotzdem frage ich mich: Waren wir schön blöd, weil wir versuchten abzuhauen oder weil wir uns dabei erwischen liessen?
C	Für mich ist die Antwort so klar wie die katastrophale Lage, in der unser Land steckt: Wir hätten dort im Wald links fahren müssen, links und nicht rechts. Ich hab dir gesagt, eher links als rechts.
D	Richtig: „Eher" hast du gesagt! Hättest du dich klarer ausgedrückt und dazu einen stichhaltigen Grund angegeben, sässen wir jetzt nicht hier, gefangen, eingesperrt, abgeschirmt, total in der Scheisse…
C	Mehr Sorgen mach ich mir allerdings um unsere Gesundheit: Wir müssen in den zweieinhalb Stunden eine Riesendosis abgekriegt haben…
D	Das glaub ich nicht: Erstens waren wir immer mindesten 5 Kilometer vom AKW entfernt, zweitens sassen wir die meiste Zeit im Auto und drittens…
C	Und drittens?
D	Haben wir noch rechtzeitig die Iodtabletten geschluckt.
C	Die Iodtabletten? Dass ich nicht lache! Wenn die etwas Positives in Bezug auf unsere Verstrahlung bewirken, dann fress ich einen radioaktiv verseuchten Besen!
D	Aber das Schlimmste am Ganzen ist ja, dass wir hier drin NICHTS erfahren, was tatsächlich passiert ist und was tatsächlich vor sich geht!
C	Ja – wir sind vollkommen abgeschnitten von der Aussenwelt!

D	Ebenso gut hätten die uns auf den Mond schiessen können…
C	Ich bin mir ganz sicher: Die zensurieren jede Nachricht! Die Direktbetroffenen dürfen die Wahrheit nicht erfahren!
D	Was sollen wir hier überhaupt tun? Wie sollen wir in dieser sterilen Welt unsere Zeit totschlagen?
C	Mit Lesen! Und Schreiben!
D	Und Essen! Und Trinken!
C	Und die machen noch Witze über uns! Hat doch einer, der das Essen durch die Schleuse gereicht hat, mich gefragt, ob wir wüssten, was sie nachher mit den Büchern machen müssten, wenn wir sie gelesen hätten.
D	Was soll daran lustig sein?
C	Die Antwort natürlich! Die Antwort! Er sagte, die müssten sie nachher einbetonieren und als schwachradioaktiven Abfall einige Jahrzehnte zwischen- und danach Tausende von Jahren endlagern!
D	Soll das ein Witz sein?
C	Sag ich ja! Die machen sich lustig über uns! Wir sind DIE Idioten, die auf eigene Faust versucht haben, abzuhauen und kläglich gescheitert sind.
D	So kläglich, dass wir wahrscheinlich an dieser Überdosis abkratzen werden.
C	Hey! Sag das nicht! Mit sowas macht man keinen Spass!
D	Aber DIE da draussen meinen das doch! Und wenn sie „Bücher" sagen, dann meinen sie in Wirklichkeit UNS, dich und mich!
C	Was uns? Erklär's mir!
D	UNS müssen sie dann jahrtausendelang zwischen- und endlagern! UNS!
C	Und in Fässer einbetonieren?
D	UND in Fässer einbetonieren!
C	Aber erst, wenn wir tot sind!
D	Sag ich ja! Wenn wir tot sind! - Und davor hab ich Angst…

17
Das ENSI

Ausschnitt aus den unglaublichen ersten ENSI-Statements nach der Fukushima-Katastrophe.

18
Schweizer Fernsehen SRF 1

Folgende News werden um 20 Uhr im Fernsehen SRF 1 in der ganzen Schweiz gleichzeitig ausgestrahlt, u.a. auch im Zivilschutzzentrum in der Innerschweiz.

SRF-1-Tagesschau-Sprecherin:
„Liebe Zuschauerinnen und Zuschauer
Anstelle einer Ausgabe der Tagesschau erfolgt nun die Eidgenössiche Information über die aktuelle Notlage und die von den Behörden ergriffenen Massnahmen. Ich begrüsse hier im Studio in Lugano Bundespräsidentin Simonetta Sommaruga und gebe ihr das Wort."

Bundespräsidentin Simonetta Sommaruga:
„Liebe Bewohnerinnen und Bewohner der Schweiz, aber auch der betroffenen Gebiete im Ausland.
Seit gestern Mittag befindet sich die Schweiz im Ausnahmezustand, der von Ihnen allen grosse Einschränkungen abverlangt. Der Bundesrat ist sich der Tragweite der getroffenen Massnahmen bewusst und bittet Sie, liebe Mitmenschen, um Ihr Verständnis. Sie können versichert sein, dass wir in dieser unvorhersehbaren Notlage alles Erdenkliche unternehmen werden, um Sie und Ihre Familien vor den negativen Auswirkungen des schweren Störfalls zu schützen und Ihnen baldmöglichst die Rückkehr in Ihre Häuser und Wohnungen zu ermöglichen.
Um dieses Ziel erreichen zu können, ist aber Ihr uneingeschränktes Vertrauen in Ihre Regierung und die zuständigen Behörden sowie Ihre solidarische Unterstützung aller getroffenen Massnahmen dringend erforderlich.
Wir bitten Sie deshalb eindringlich, die folgenden von den Behörden angeordneten Notmassnahmen widerspruchslos und bestmöglich zu befolgen, um die in der Geschichte der Schweiz einmalige Notlage meistern zu können und die gewaltige Arbeit von Regierung und Behörden auf nationaler, kantonaler, regionaler und kommunaler Ebene sowie der Tausenden von Militär- und Zivilschutzpersonen nicht zusätzlich zu behindern.
Für Ihr Verständnis – auch für die ergriffenen unpopulären Massnahmen – ist Ihnen Ihr Bundesrat zu grossem Dank verpflichtet.
Wir danken Ihnen für Ihr Vertrauen, das Sie Ihrem Bundesrat entgegenbringen!"

Tagesschau-Sprecherin:
„Liebe Zuschauerinnen und Zuschauer. Wir bitten Sie nun um Ihre tatkräftige Unterstützung und um Ihre bestmögliche Befolgung der Anweisungen des Chefs des nationalen Krisenstabes, Bundesrat Ueli Maurer, den ich ebenfalls herzlich begrüsse. Bitte Herr Bundesrat!"

Bundesrat Ueli Maurer:
„Liebe Mitbürgerinnen und Mitbürger
Aufgrund eines technischen Defekts und eines gestern kurz nach Mittag entdeckten Lecks im Containment des Kernkraftwerks Beznau 1 wurde eine grössere, jedoch unbestimmte Menge radioaktiver Substanzen an die unmittelbare Umgebung abgegeben. Die vom Personal sofort eingeleiteten Sicherheitsmassnahmen waren leider nur zum Teil erfolgreich, so dass um 15.30 Uhr in einem Umkreis von 30 Kilometern ein allgemeiner Strahlenalarm ausgelöst wurde.

Der im Laufe des Nachmittags gebildete nationale Krisenstab gelangte aufgrund der kritischen Lage zur Auffassung, dass aufgrund der ausgetretenen radioaktiven Wolke als Vorsichtsmassnahme die Einnahme der Iodtabletten durch die Bevölkerung innerhalb einer 30-Kilometer-Zone vorzusehen sei, was durch eine Weisung in Radio SRF 1 um 16.15 Uhr erfolgte.

Der Beschluss, die ganze mittel- und unmittelbar betroffenen Bevölkerung zu evakuieren, erfolgte um 22.46 Uhr. In der Folge wurden während der ganzen Nacht sowie während des ganzen heutigen Tages sämtliche Personen, die sich innerhalb der 20-Kilometerzone aufhielten, evakuiert und in Evakuierungszentren in der Inner-, West- und Ostschweiz sowie im Tessin verbracht. Diese gigantische Aktion – einmalig in der Schweizer Geschichte – verlief bis auf wenige Ausnahmen reibungslos. Einige wenige Personen, die auf eigene Faust das Weite suchen wollten, konnten dingfest gemacht und in speziell eingerichteten Quarantänezentren im Alpenraum verbracht werden.

Liebe Mitbürgerinnen und Mitbürger

Der Bundesrat und der Nationale Krisenstab NKS bittet Sie nun eindringlich, die folgenden Weisungen zu jeder Tages- und Nachtzeit hundertprozentig einzuhalten. Zuwiderhandlungen müssen mit einer Gefängnisstrafe von mindestens drei bis fünfundzwanzig Jahren bestraft werden. Zu diesem Zweck hat der Bundesrat zur Verfahrensbeschleunigung in einem Notgesetz die Schaffung von zehn regionalen Schnellgerichten beschlossen, die beauftragt sind, innerhalb von einer Stunde die Beschuldigten abzuurteilen.

Ab sofort gelten bis auf Weiteres, d.h. bis zur vollständigen Aufhebung der bundesrätlichen Notstandsmassnahmen für sämtliche zum Zeitpunkt des Ausrufs des Nationalen Notstands sich auf dem Gebiet der Schweiz aufhaltenden Personen die folgenden, unter allen Umständen einzuhaltenden Vorschriften:

1. Auf dem ganzen Gebiet der Eidgenossenschaft herrscht bis auf Weiteres ein totales Ausgehverbot.

2. Die Evakuierungszone wird neu auf 70 Kilometer festgelegt. Die als Folge dieses Beschlusses erforderlichen weiteren Evakuationen erfolgen in den nächsten drei Tagen.

3. Die Bundesverfassung ist bis auf Weiteres ausser Kraft gesetzt, was unter anderem bedeutet, dass die wichtigsten Grundrechte wie die Meinungs- und Informationsfreiheit, die persönliche Freiheit, die Petitionsfreiheit, die Eigentumsgarantie, die Versammlungsfreiheit etc. keine Gültigkeit mehr haben. An die Stelle der Bundesverfassung sowie sämtlicher kantonaler Verfassungen sowie regionaler und kommunaler Bestimmungen treten die vom Bundesrat verabschiedeten Notstandsgesetze sowie das in Kriegszeiten anzuwendende Kriegsrecht der Schweizer Armee.

4. Sämtliche öffentliche und private Medien unterstehen der Zensur des NKS.

5. Sämtliche evakuierten Personen erhalten für die Dauer der Evakuierung den Flüchtlingsstatus F, was sie berechtigt, an sämtliche EU- sowie alle Drittstaaten ein Asylgesuch zu stellen. Die Organisation der Schweizerischen Flüchtlingshilfe ist bei allen Evakuierungszentren vor Ort zur Unterstützung von Gesuchswilligen. Ausreisen werden nur Asylsuchenden, die sich im Besitz einer Einreisebewilligung eines EU- oder Drittstaates befinden, gestattet.

6. Das Post-, Fernmelde- und Bankwesen wird entschädigungslos verstaatlicht.

7. Der gesamte Grundbesitz innerhalb der 70-Kilometerzone wird inklusive sämtlicher Fahrhabe entschädigungslos verstaatlicht.

8. Die Gewaltenteilung ist bis auf Weiteres aufgehoben.

9. Sämtliche Lebensmittel sind ab sofort rationiert.

10. Sämtliche Fortbewegungsmittel gelten ab sofort als konfisziert, sind also Eigentum des Staates. Dies trifft ebenfalls auf sämtliche Kommunikationsmittel und Produktionsstätten zu.

11. Weitere Notstandsmassnahmen sind in Vorbereitung.

12. Täglich um 20 Uhr informieren der Bundesrat und der NKS die gesamte schweizerische Bevölkerung über die aktuelle Gefahrensituation sowie über die weiteren vom Bundesrat getroffenen Massnahmen.

Liebe Mitbürgerinnen und Mitbürger

Die Schweiz befindet sich in einem einmaligen und aussergwöhnlichen Ausnahmezustand, der absolut einschneidende Massnahmen erfordert.

Bitte haben Sie dafür Verständnis!

Wir sind Ihnen zu grossem Dank verpflichtet."

SRF-Tagesschau-Sprecherin:

„D... D... Danke, Herr Bundesrat. ... Nach einem langen Moment des ... Entsetzens, des Schocks,..."

An dieser Stelle wird die Sendung abgebrochen.

19
Die radioaktive Strahlung

Kurzdoku über die Auswirkungen radioaktiver Strahlung.

20
Im Zivilschutzraum E

Die beiden Frauen in ihrem Minizivilschutzraum unterhalten sich.

B	Weisst du, was die Schweiz ist?
A	Natürlich! Ein Kleinstaat mitten in Europa!
B	Nein: Eine Schande für Europa!
A	Dass das AKW in die Luft geflogen ist – das ist nun mal leider passiert! Niemand konnte das verhindern!
B	Ach Quatsch! Die Linken und die Grünen haben immer davor gewarnt!

A	Nicht so laut: Hast du nicht gehört, was Ueli Maurer gesagt hat?
B	Was meinen die eigentlich? Wofür hält sich der Bundesrat eigentlich?
A	Trotzdem: Er will doch nur das Beste für die Schweiz!
B	Dass ich nicht lache: Er tut genau das Gegenteil dessen, was er tun müsste!
A	Was müsste er denn deiner Meinung nach tun?
B	Offen die Fehler eingestehen! Offen über das wahre Ausmass der riesigen Katastrophe informieren!
A	Und? Was würde das ändern? Wir sässen trotzdem genau hier und würden warten...
B	Aber nicht als Untertanen, Sklaven, besitzlose, manipulierte Nummern, als Gefangene ohne Zukunft...
A	Was redest du da? Hast du nicht zugehört? Wir sollten doch alle unsere Regierung unterstützen und die Massnahmen nicht kritisieren!
B	Ja, DU hast nicht zugehört! Weisst du denn nicht, was du bist?
A	Doch schon, aber sag's mir trotzdem!
B	EIN FLÜCHTLING! STAATENLOS! EINE ASYLANTIN!
A	Ja, aber nur vorübergehend!
B	Denk doch an Tschernobyl! Das verstrahlte Gebiet bleibt für Jahrzehnte unbewohnbar!
A	Beznau ist nicht Tschernobyl!
B	Nein, noch viel schlimmer! Bei uns scheint die halbe Schweiz verstrahlt zu sein!
A	Woher weisst du das?
B	Zuerst wars eine 5-, dann eine 20-, dann eine 30- und jetzt ist es schon eine 70-Kilometerzone!
A	Ja schon, das könnte aber eine weitere Vorsichtsmassnahme sein!
B	Die unglaublichen Massnahmen, die sie getroffen haben, zeigen mit aller Deutlichkeit, dass das nichts mehr mit Vorsicht zu tun hat!
A	Sondern?
B	Sondern mit dem Eingeständnis, dass die Schweiz, wie wir sie kennen, aufgehört hat zu existieren!
A	Nicht so laut! Jemand könnte dich hören!
B	Siehst du? Deine Reaktion ist der beste Beweis dafür!
A	Hör bitte auf, alles derart zu dramatisieren! Du machst mir Angst!
B	ICH mache dir Angst?
A	Ja, bitte! Sonst gerate ich wieder in Panik!
B	Alle sollten in Panik geraten! ALLE!
A	Nun übertreib nicht, bitte!
B	Verstehst du denn nicht? Etwas ÜBERTRIEBENERES als die Massnahmen des Bundesrates gibts und gabs ja wohl AUF DER GANZEN WELT NICHT!
A	Bitte beruhige dich doch!
B	ICH SOLL MICH BERUHIGEN! ICH SOLL MICH BERUHIGEN?

A	Ja, was kannst du ändern an der jetzigen Situation?
B	DAS IST ES JA! EBEN KANN ICH NICHTS ÄNDERN!
A	Sieh es doch einfach ein und warte ab!
B	ABWARTEN! ABWARTEN! WIR SIND HIER EINGESPERRT!
A	Bitte, bitte! Hier sind wir doch in Sicherheit!
B	IN WAS FÜR EINER SICHERHEIT, VERDAMMT NOCH MAL!
A	Man betreut uns, wir werden verpflegt…
B	WIR SIND ALLE ENTMÜNDIGT! RECHTLOS! FREIWILD!
A	Calm down! Bittebitte, komm wieder herunter!
B	ICH WILL MICH NICHT BERUHIGEN! ICH WILL HIER RAUS!
A	Weisst du was? Ich geh dann mal schnell raus und hole Hilfe…
B	RAUS! ICH WILL HIER RAUS! VERDAMMT NOCHMAL!

21
Im Zivilschutzraum Q

Im Quarantänezentrum finden sich die Männer inzwischen gut zurecht.

C	Richtig entspannend zur Abwechslung!
D	Ja… Ehm… Schweizer Kanton mit sechs Buchstaben!
C	Welche Buchstaben hast du denn schon?
D	Ein G an drittletzter Stelle.
C	Passt zu „…GAU", oder nicht?
D	Ja, das U könnte auch passen…
C	Was für ein Wort suchst du denn?
D	Eine andere Bezeichnung für „toll, ausgezeichnet"…
C	Passt denn „SUPER"?
D	Super! Ja genau! S-U-P-E-R…
C	Viele Kantone gibts ja nicht mit G…: St. Gallen, Graubünden, Genf, Thurgau, Neuenburg, Freiburg, Zug, …
D	Die passen alle nicht…
C	Hast du keinen weiteren Hinweis?
D	Doch hier, beim zweiten Buchstaben, da fehlen senkrecht drei Buchstaben.
C	Und? Was für ein Wort suchen sie?
D	„Deutsche Kurzform für Nuclear Power Station"…
C	Fällt mir nicht ein… Ich fühl mich zwar super, aber so wie in Watte gepackt…
D	Und ich bin so schlapp, schläfrig, kann mich nicht konzentrieren… Schon ein einfaches Kreuzworträtsel überfordert mich…
C	Dann ist es ja gut, dass wir uns hier drin um nichts kümmern müssen.
D	Voll relaxen können wir.

C	Tun und lassen, was wir wollen!
D	Ausser den Raum verlassen, das können wir nicht…
C	Halb so tragisch… Das ist die Strahlenkrankheit, die so müde macht…
D	Oder das sind die Folgen der Medikamente, die wir täglich schlucken müssen.
C	Du meinst Nebenwirkungen?
D	Was weiss ich. Kann schon sein…
C	Weisst du, wann wir hier wieder raus können?
D	Ich hab den Typ schon zweimal gefragt…
C	Und?
D	Er hat beide Male das Gleiche gesagt: Er tue das, was er müsse, also seine Pflicht – und er wisse rein gar nichts, eigentlich noch weniger als wir, und wenn er etwas wüsste, müsste er das, was er wüsste, für sich behalten…
C	Ja, das ist nicht viel!
D	Nein, wirklich nicht. - Wollen wir Seilhüpfen?
C	Wie kommst du darauf?
D	Der Typ sagte noch, wir sollten uns fit halten und uns möglichst viel bewegen.
C	Mit Seilhüpfen?
D	Zum Beispiel. Oder Liegestützen.
C	Ich bin echt zu müde! – Aber gegen eine Massage hätte ich echt nichts einzuwenden.
D	Vergiss es! Das gehört nicht zum Quarantäneprogramm.
C	Aber wir könnten doch echt was spielen?
D	Ok! Mach einen Vorschlag!
C	Eile mit Weile? UNO? Oder lieber Lotto?
D	Komm, machen wir Lotto!
C	Ok! Das macht Spass, ist spannend und wir schlafen nicht gleich ein…

22
Die SVP

Ausschnitt aus einem SVP-Statement zur Energiewende resp. mit einem Loblied auf den Atomstrom.

23
Zum letzten Mal im Zivilschutzraum E

Die zwei Frauen bereiten die Flucht aus dem Evakuierungszentrum vor.

B		Hast du den Flüchtlingsausweis?
A		Das ist ja das einzige Papier, das wir noch haben…
B		Das Geld?
A		Ja, die 4700 Euro hatte ich zum Glück unter den Schuhsohlen versteckt…
B		Die Namenliste, die Liste mit den Telefonnummern?
A		Ja klar…
B		Knäckebrot? Militärkäse?
A		Ja, dafür hab ich auch noch knapp Platz, so dass ich nicht auffalle. Aber wohin ich das Mineralwasser stecken soll, weiss ich nicht…
B		Unverseuchtes Wasser ist aber wichtig!
A		Aber hier sind wir ja etwa 100 Kilometer von Beznau entfernt, habe ich herausgefunden.
B		Ok! Der Typ, der uns abholt, wird schon was zum Trinken dabei haben.
A		Wo treffen wir uns?
B		Beim Eingang zum Friedhof! Du gehst zuerst links, dann geradeaus, dann nochmals links – nur etwa 200 Meter… Ich nehme die andere Route…
A		Und den Code?
B		Hab ich entfernt, mit etwas Benzin. Ist kaum mehr zu sehen…
A		Wann starten wir?
B		In vier Minuten. So ein Glück, dass ich noch eine Armbanduhr trage…
A		Ja, und dass sie dir die nie abgenommen haben!
B		Seit wann hat Kuno beim Eingang Wache?
A		Seit zwei Minuten. Um diese Zeit ist er gewöhnlich für mindestens zehn Minuten allein.
B		Und er weiss Bescheid?
A		Nein, er will's gar nicht wissen. Aber er lässt uns einfach passieren…
B		Können wir ihm denn vertrauen?
A		Natürlich!
B		Bist du sicher?
A		Ganz sicher.
B		Wie hast du das geschafft?
A		Wie wohl?
B		Ja, schon klar…Kennst du seinen Code, damit wir ihn wieder finden, wenn wir's geschafft haben?
A		Ja, auswendig…
B		Super! Weisst du was?
A		Ja, was?
B		Wir sind ein tolles Team!
A		Klar! Und wir werdens schaffen!
B		Das Geld für den Schleppertyp zahl ich dir zurück – wenn wir's geschafft haben.

A	Mach dir nur keine Sorgen! Hauptsache, wir können abhauen!
B	Und über die Grenze!
A	In die Freiheit!
B	In die unverstrahlte!
A	Die unverseuchte Freiheit!
B	Toitoitoi!
A	Toitoitoi!

24
Zum letzten Mal im Zivilschutzraum Q

Auch die beiden Männer sind daran, das Quarantänezentrum zu verlassen.

C	Weisst du, was hier los ist?
D	Was meinst du? Stimmt was nicht?
C	Wo bleibt unser Essen?
D	Hast du denn Hunger?
C	Ja, schon…
D	Keine Sorge! Das kommt bald! Bis jetzt…
C	Merkwürdig!
D	… hat noch immer alles geklappt! – Was ist denn so merkwürdig!
C	Die Ruhe da draussen!
D	Die werden eine interne Schulung, eine Informationsveranstaltung haben…
C	Schon das Frühstück war komisch…
D	Stimmt – irgend etwas fehlte!
C	Ja, klar! Die Medis!
D	Keine Medis! Vielleicht sind wir wieder i.O.!
C	Da würden wir doch drüber informiert!
D	Warum? Hat man uns je über irgend etwas informiert?
C	Nein – wir wurden behandelt wie Babys, Unzurechnungsfähige, Idioten…
D	Stimmt! Und wir haben's kaum bemerkt…
C	Vielleicht waren das Psychopharmaka, die sie uns verabreicht haben…
D	Ich fühl mich auch nicht mehr so pampig, schlapp und willenlos…
C	Was haben wir denn heute für einen Tag?
D	Keine Ahnung – ich habe jedes Zeitgefühl verloren…
C	Wie lange sind wir denn schon in diesem Käfig?
D	Einige Tage – es könnten aber auch Wochen sein…
C	Irgendwo in einem Bunker haben sie uns verlocht…
D	Ich erinnere mich noch schwach an Felsen, Berggipfel, Geröll…

C	Vielleicht stecken wir irgendwo in der Alpenfestung aus dem Zweiten Weltkrieg!
D	Alles ist möglich! Jedenfalls haben wir null Ahnung, was draussen alles passiert ist!
C	HALLO! – HALLO!
D	Die hören uns doch nicht, ausser sie befinden sich gerade im Nebenraum…
C	AUFMACHEN! WIR WOLLEN RAUS!
D	Probieren wir's doch mal bei der Schleuse – wenn wir laut klopfen, hören sie uns eher!

Beide klopfen wie wild an die luftdicht verschlossene Türe mit dem kleinen Fenster und der Schleuse, „Aufmachen, ihr Idioten!" etc. schreiend.

C	Niemand scheint uns zu hören! – Sind die etwa alle abgehauen?
D	*(Scherzhaft)* Vielleicht ist die Tür ja nicht verriegelt heute?
C	Spinnst du?

D versucht's – und tatsächlich: Offen!

D	Offen! Unglaublich!
C	Komm! Los, raus hier!
D	Wart noch schnell! Ich muss nur noch was holen!
C	Was denn?
D	Meine Notizblätter!
C	Was hast du denn aufgeschrieben?
D	ALLES! ALLES!

25
Die Flucht

Ausschnitte aus Dokus über die flüchtlingsfeindlichen SVP-Parolen der Vergangenheit.

26
In einem Flüchtlingslager

A, B, C und D sind in einem Flüchtlingslager in Frankreich gelandet. Erschöpft, erleichtert, voller Hoffnung.

A	Und dann hätten sie uns beinahe erwischt!

B	Ja, das war knapp! Dann sässen wir nicht hier – in Sicherheit.
C	Auch wir hatten Glück – und wir haben absolut nichts mitnehmen können: nichts zu essen, kein Geld, keine Ausweise…
D	… nichts als meine Aufzeichnungen.
A	Aufzeichnungen?
D	Ja, ich habe alles aufgeschrieben, was wir erlebt haben – so eine Art Tagebuch.
A	Von Hand?
D	Wie denn sonst? Wir hatten ja nichts, ausser Papier und Bleistift, Büchern und einigen Spielen…
B	Wo wart ihr denn eingesperrt? - Wir sassen in einem Evakuierungszentrum in Ob- oder Nidwalden, wie in einem Gefängnis!
D	Wir waren aber noch schlimmer dran: In einem riesigen Bunker irgendwo im Gotthard – völlig isoliert! Zudem pumpten sie uns voll mit Medis – um uns ruhig zu stellen!
A	So krass! – Immerhin war das Wachpersonal sehr nett! Und zu essen hatten wir auch immer genug…
D	Warum seid ihr denn überhaupt geflohen?
C	Wir MUSSTEN – wir hatten keine andere Wahl: Man hat uns einfach sitzen lassen, und als wir das endlich bemerkten, befand sich kein Mensch mehr in dieser unterirdischen Anlage mit hunderten von Räumen, endlos langen Korridoren und einem unglaublichen System von Treppen.
D	Fast hätten wir uns in diesem riesigen Labyrinth verirrt…
C	Wie ist denn die Lage jetzt? Unterwegs fragten wir einige Zivilpersonen, aber die waren auch alle auf der Flucht und wussten fast ebenso wenig wie wir…
B	Aber dass der Bundesrat diktatorische Notstandsmassnahmen ergriffen hat, das wisst ihr doch wenigstens?
D	Nur der Spur nach… Das Letzte, was wir gehört haben, war, dass offenbar wegen der Wetterlage die Evakuierungszone auf über 120 Kilometer vergrössert wurde!
B	Ja, das haben wir auch gehört. Deshalb waren alle Dörfer menschenleer – schauderhaft! Richtig ausgestorben! Jeder Laden geschlossen! Tagelang begegneten wir nur einigen Hunden und Katzen oder Hühnern oder hörten das Brüllen von Kühen…
A	Die haben tatsächlich die halbe Schweiz evakuiert, verschleppt, umgesiedelt, entwurzelt…
C	Mehrere Flüchtlinge haben uns von Aufständen berichtet – mit Toten und Verletzten!
D	Oder dass das Wachpersonal, also die Soldaten, einfach abgehauen seien…
C	Oder dass es Banden gibt, die mit Lastwagen unterwegs sind und Geschäfte und Villen plündern, Häuser und Autos anzünden.

A	In den evakuierten Städten Zürich, Winterthur, Basel soll es zu- und hergehen wie im Wilden Westen – alles werde von Plünderern kurz und klein geschlagen, Raubzüge würden durchgeführt, ganze Wohnungseinrichtungen würden auf die Strassen geworfen, Bandenkriege mit Mord und Totschlag seien an der Tagesordnung…
B	Unfassbar! Das ist ja wie im Krieg!
C	Sind wir denn hier wirklich in Sicherheit? Seid ihr euch da tatsächlich sicher?
B	Ziemlich sicher. Morgen gibt's für die neuen Flüchtlinge einen Gesundheits-Check, dann ein Gespräch mit einem Betreuer oder einer Betreuerin, darauf kann man ein Asylgesuch stellen, wenn man will.
D	Wieso sollte ich ein Asylgesuch stellen? Ich bin ja nicht blöd! Ich bin Schweizer und will trotz dem herrschenden Chaos so bald wie möglich zurück!
A	Ja, wisst ihr denn nicht, dass ihr Flüchtlinge seid? – Ihr seid aus der Schweiz geflohen, also seid ihr Flüchtlinge!
C	Halthalt! So simpel ist das jetzt auch wieder nicht. Noch haben wir beide einen gültigen Schweizer Reisepass!
B	Aber ihr habt doch gesagt, ihr hättet keine Papiere!
C	Ja, den Pass haben sie uns abgenommen – wie alles übrige auch: Vor allem auf Handys und Geld waren sie scharf…
B	Hat euch denn niemand informiert, dass ihr nur noch den Flüchtlingsstatus F habt? Man hat euch wie alle Evakuierten ausgebürgert, entschweizert, zu Flüchtlingen gemacht…
C	Das kann doch nicht sein! Das ist ja gar nicht möglich! Schon meine Urururgrosseltern waren Schweizer: Emmentaler nämlich!
A	Das Emmental kannst du sowieso vergessen bei einer 120-Kilometerzone!
D	Eine Ausbürgerung ist ja schlicht unmöglich! Die Bundesverfassung verbietet doch sowas!
B	Schon klar, aber der Bundesrat hat die ganze Bundesverfassung ausser Kraft gesetzt! Jetzt herrscht in der Schweiz sowas wie das Kriegsrecht!
D	Und die Kantone? Die wird es ja wohl noch geben mit ihren kantonalen Verfassungen! Niemand kann mich ausbürgern!
B	Es gibt keine Schweizer Kantone mehr!
C	Das glaub ich ja nicht!
D	Das ist ja unfassbar!
A	Ja, es ist nicht zu fassen – aber es ist WIRKLICH so:
B	DIE SCHWEIZ GIBT'S NICHT MEHR!
A	LA SUISSE N'EXISTE PAS!
C	Und alles nur wegen eines einzigen kleinen AKWs!

ZDF-News

Die schwere AKW-Katastrophe in der Schweiz hat diesen europäischen Kleinstaat dermassen erschüttert, dass er heute Vormittag um 10 Uhr 15 aufgehört hat, zu existieren.

Seit Wochen herrschen Anarchie und Chaos in diesem europäischen Alpenland, Armee, Polizei, Parlament, Behörden und Verwaltung haben sich aufgelöst, die Wohlhabenden haben das Land verlassen, Hunderttausende von Supergau-Flüchtlingen ersuchen um politisches Asyl in einem der EU-Staaten und nun ist zu guter Letzt heute Morgen auch noch die Landesregierung, die sich aus Furcht vor Attentaten vor einer Woche nach Mailand abgesetzt hatte, nach der Vornahme der allerletzten Amtshandlung, nämlich der Unterzeichnung der definitiven und endgültigen Auflösungsakte und der damit verbundenen Abtretung der ehemaligen Gebiete der Schweiz an die angrenzenden EU-Staaten, geschlossen zurückgetreten.
Damit ist die Schweiz Geschichte, ist der einst so erfolgreiche, wehrhafte, stets neutrale, von den beiden Weltkriegen verschont gebliebene, unabhängige und mitten in Europa gelegene Kleinstaat endgültig am Ende, inexistent, tot.

Gleichzeitig mit dem Ende der Schweizerischen Eidgenossenschaft tritt der 99-Punkte-Rettungsplan der EU in Kraft, der unter anderem Folgendes beinhaltet:
- Die Schaffung einer rund 13'000 Quadratkilometer umfassenden, von der UNO verwalteten und kontrollierten atomaren Sperrzone,
- die unbürokratische und schnelle Aufnahme aller ehemaligen nicht kriminellen Schweizerbürgerinnen und Bürger in einen der angrenzenden EU-Staaten,
- die Übernahme der deutschsprachigen Gebiete ausserhalb der Sperrzone an Deutschland und Oesterreich, der französischsprachigen ehemaligen Westschweiz an Frankreich sowie der italienischsprachigen ehemaligen Südschweiz an Italien.

In einer Grussbotschaft begrüsst die deutsche Bundeskanzlerin Angela Merkel die rund 7 Millionen neuen EU-Bürgerinnen und Bürger:

„Liebe Schweizer Bürgerinnen und Bürger
Eine nicht vorhersehbare schwere AKW-Katastrophe hat weite Gebiete ihres wunderschönen Alpenstaates unbewohnbar und unregierbar gemacht.
Sämtliche EU-Mitgliedstaaten sind erschüttert über dieses furchtbare Ereignis und gleichzeitig entschlossen, alles Menschenmögliche zu unternehmen, um Ihnen, den schwer geprüften und betroffenen Mitmenschen mitten in Europa, unter die Arme zu greifen.
Seien Sie versichert, liebe ehemalige Eidgenossinnen und Eidgenossen, dass wir Sie mit offenen Armen empfangen und Ihnen die nötige Unterstützung zuteil werden lassen.
Wir, die Regierungen aller EU-Staaten, heissen Sie bei uns aufs Herzlichste willkommen und hoffen mit Ihnen, dass Sie schon bald mit Zuversicht und Freude ihre zukünftiges Leben als EU-Bürgerinnen und EU-Bürger gestalten und geniessen werden können."

28
Es werde Licht!

Zeitlupe-Dokuausschnitt „Atompilz Hiroshima", dazu eingeblendet und feierlich vorgetragen die bekannten Bibelverse:

Und Gott sprach: Es werde Licht! Und es ward Licht. Und Gott sah, daß das Licht gut war. Da schied Gott das Licht von der Finsternis und nannte das Licht AAR und die Finsternis GAU.

Ende

Todsicher.
Ein Stück Beznau

Martin Christen
22. Juli 1949
Universität Zürich 1977-1981
Bezirkslehrer Spreitenbach D/Gs/E 1981-2014
Verfasser mehrerer Jugendtheaterstücke
Grossrat AG 1985-1993, 1995-1998, 2008-2015
Ehem. Präsident SP Spreitenbach und SP Turgi
Ehem. Vorstandsmitglied NWA Aargau, TRIAS, Naturschutzbund AG u.a.
22 Anti-AKW-Vorstösse im AG-Parlament

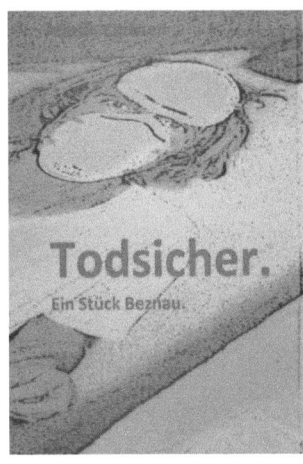

Todsicher.
Ein Stück Beznau
Vierpersonenstück.
Supergau im ältesten AKW der Welt.
Auswirkungen auf Umwelt, Bevölkerung und Staat.
Am Beispiel von zwei Frauen und zwei Männern.

Herstellung und Verlag:
BoD - Books on Demand, Norderstedt
ISBN 978-3-7412-7162-5